ODE
A
MONSEIGNEUR
SVR LA PRISE
DE
PHILISBOURG.

Par B. de HAUTMONT, de l'Academie
de Ville-Franche.

A PARIS

Chez MARTIN JOUVENEL au bas de
la rüe de la Harpe à l'Image
de Saint Auguftin

M. DCLXXXVIIII.
AVEC PERMISSION.

ODE

A Monseigneur,

Sur la Prise de Philisbourg

Eja les Filles de Memoire,
Se laſſant d'un trop long repos,
Se plaignoient a tous les Heros
Qu'ils ne couroient plus a la Gloire.
  Louis de ſes vaillantes mains
Avoit deſarmé les Humains,
Et donné la paix à la Terre;
  On ne cüeilloit plus de Lauriers,
Et les Peuples loin de la Guerre
Repoſoient ſous les Oliviers.

D'une flame pure & feconde
Le Soleil brilloit aux Mortels,
L'encens fumoit fur les Autels,
Et faifoit le bonheur du Monde :

Tout eſtoit calme en l'Vnivers,
La Difcorde eſtoit dans les Fers,
Et gemiſſoit parmi la poudre :

Seullement les bords Africains
Fumoient encore de la Foudre
Dont LOUIS punit les mutins.

Tout d'un coup la France étonnée
De voir troublés tous les Etats,
Connoit les fecrets attentats
De la Difcorde déchaifnée :

Eſt ce peu (dit-elle) à mes yeux,
Peuples foibles & factieux,
D'avoir ofé lever la Teſte ?

Et ne craignez vous plus les coups
Que le Roy des Lys vous appreſte
Si vous r'allumés fon courroux ?

MAlgré cette voix menaçante ;
La Fureur faifit tous les Cœurs;
Les vaincus contre les Vainqueurs
Forment une ligue impuiffante.

Le Batave & fes Matelots
Déjà fe commettent aux flots,
Le Danube fremit de haine
Et l'Ebre, le Tibre, & le Rhin,
De la Tamife & de la Seine
Ofent infulter le Deftin.

* * *

TAndis que Louis confidere,
Dans ces dures extremités,
Et les Peuples & les Cités
Sur qui doit tomber fa colere;
Il lance en courroux fes regards
Vers ces redoutables Ramparts
Entourés d'un Marais fuperbe;
Malgré ce naturel fecours,
Il veut les égaller à l'herbe
Qu'on voit naître au pied de le urs Tours

'A fin qu'a fes vœux tout réponde,
Il fait choix d'Illuftres Guerriers,
Qui cent fois couverts de Lauriers
Ont veu fous lui trembler le Monde:
A leur tefte marche un DAUPHIN
Qui Fier de fon heureux Deftin
Se prepare à vanger la Terre;
 Et LOUIS pour fes grands deffeins
Laiffe fans regret fon Tonnerre
Paffer en de plus jeunes mains.

    ＊✤✤＊

'A ffés dans l'Europe allarmée
Son bras a gravé fes hauts faits,
Affés en Guerre, affés en Paix
A retenti fa Renommée:
 Il ouvre à ce jeune Vainqueur
Vn beau champ de gloire & d'honneur,
D'aife ce HEROS en foupire,
 Et fent des tranfports inoüis
De faire connoitre à l'Empire
Ce que peut le Fils de LOUIS.

Pouſſé d'un moins boüillant Courage,
D'une moins viue ambition
Jadis le jeune Sçipion
Vogua vers les Murs de Carthage:
   Jamais dans les Champs Phrygiens
Achile ne fut aux Troyens
Plus fatal & plus redoutable;
   Q'uaux Campagnes de Philiſbourg
Ce jeune Mars eſt formidable
Aux nouveaux Sujets de Neubourg.

         ❈ ❈

SItoſt qu'il paroiſt en Campagne
A la teſte des legions,
On uoit trembler les Nations,
Et fremir la fiere Allemagne:
   Epris d'une ardente valeur
Il ſeme en tous lieux la terreur,
Les Alpes en ſont étonnées;
   Et deja le bruit de ſon Nom
Paſſant de là les Pyrenées
Allarme ce triſte Canton.

Philifbourg tout feul immobile
Dort au centre de fes Marais,
Il attend ce HEROS de pres
Et demeure ferme & tranquille;
  Ses inexpugnables Ramparts
Qui s'elevent de toutes parts
Semblent meprifer fes approches,
  Mais on les verra demolis
Et fous le debris de leurs Roches
Leurs Deffenfeurs enfevelis.

⚜ ⚜

Ce jeune Guerrier intrepide
Cherche en arrivant les combats,
Il marche d'un fuperbe pas
Plus fier & plus ferme qu'Alcide:
  Plein d'ardeur il court aux Travaux
Affronter les lieux les plus chauds,
L'air au tour s'embrafe & s'allume,
  La Terre gemit & fe plaint
Et de l'Airain qui vole & fume
Deja plus d'un brave eft attèint.

C'eſt ici qu'on vit occupée
GRAND PRINCE, aux yeux de l'Univers
En mille & mille endroits divers
Et ta Sageſſe & ton Epée :

Ton Courage oſe tout tenter,
Ton bras peut tout executer,
A ta voix on lance la foudre;

Sur tes pas tes vaillans Guerriers,
Couverts de feu, de ſang, de poudre
Cherchent la mort ou des Lauriers.

Que ce jour parut effroyable
A ces Baſtions obſtinés,
Et que tes Travaux fortunés
Firent voir ton bras redoutable !

Le Tonnerre de ton Canon
Meſlé de l'effroy de ton Nom
Etonne ces ſuperbes Maſſes,

Et l'on voit ces fermes Ramparts
Sous les Bombes, ſous les Carcaſſes
Se diſſoudre de toutes parts.

Ce Fort ceint de vaſtes abiſmes,
Commence à trembler ſous tes coups,
Les fiers Germains de ton courroux
Craignent d'eſtre enfin les victimes;
　L'ART, la Nature, & leur valeur
Les aſſuroient contre la peur
De tes attaques vigoureuſes;
　Cependant en deux fois dix jours
Tu vois ſous tes armes heureuſes
Tomber leur valeur & leur Tours.

❀❀❀

Mais ſi ce jour vit ta Vaillance
Domter d'orgueilleux ennemis,
On vit auſſi leurs cœurs ſoumis
Eprouver ta rare Clemence;
　Tu depoüilles cette fierté
Que porte un Vainqueur irrité,
Tu combles les tiens de richeſſes,
　Et tu fais d'un bras genereux,
Par ton Courage & tes Largeſſes,
Et des vaincus, & des heureux.

Philisbourg ouvre enfin ses portes,
Et ceint d'un immortel Laurier
on y vit entrer ce Guerrier
Suivi de ses fieres Cohortes:
　　Il foulle ces Murs demolis,
Il y fait arborer les Lys
Dont l'odeur est fatale à l'Aigle,
　　Elle quitte les bords du Rhin
Qui ne recoit plus d'autre regle
Que de ce jeune SOUVERAIN.

❧ ❧

Du son des Tambours, des Trompettes,
On entend retentir les Airs,
Ici resonnent les Concerts
Et des Flûtes & des Musetes:
　　La timide Echo dans les bois
Commence a reprendre sa voix
Pour y publier ses Merveilles;
　　Et partout l'éclat de ses faits
Charme les Cœurs & les Oreilles
Dans la ville & dans les Forests.

Calliope a lors étonnée
Grand PRINCE, du bruit de ton Nom,
Court & vole au sacré Vallon
Pour y chanter ta Destinée;
  Elle me trouva sur ses pas
Tout raui des brillans appas
De ta jeune & divine Audace.
' I'avois encor la Lyre enMain :
Vien, suy moy dit elle au Parnasse,
Ie veux t'en montrer le chemin.

La sçavante Troupe animée
Deja sur des tons differens
Qu'on chantera dans tous les temps
Travailloit a ta renommée:
  Deja l'heroique Clio
Tracoit aux HEROS pour tableau
L'histoire de ta belle vie,
  Therpsicore, Euterpe, Eraton
Composoient avecque Thalie
De pompeux balets en ton Nom.

La magnifique Melpomene,
Par des traits & vifs & nouveaux,
Preparoit d'illuſtres Travaux,
Dont tu verras briller la ſçene.
  Mais Calliope dans ſes vers
Qui raviront tout l'Univers
L'emportoit auec Polymnie,
  Et d'un accent melodieux
S'accordant auec Vranie
Eleuoit ton Nom iuſqu'aux Cieux.

❊❊❊

Ton Deſtin que les Muſes chantent
Sur des tons ſi forts & ſi grands,
Effacera les Conquerans
Que Rome & qu'Athenes nous vantent;
  Tu ſçauras meſler aux Lauriers
Les Myrtes & les Oliviers,
D'un bras vainqueur calmer la Terre;
  Et tu ſeras par tes hauts faits
Plus qu'Alexandre dans la guerre
Et plus qu'Auguſte dans la paix.

Mais pour mieux assurer ta gloire;
Et par un effort souverain
Voir ton Nom gravé sur l'Airain
Au sacré Temple de Memoire;

Offre a ta valeur les exploits
Du plus magnanime des Rois
Que le Monde admire & revere;

Imite ses faits inoüis;
Pour faire tout ce qu'on peut faire,
Il ne faut qu'imiter LOUIS.

Permis d'Imprimer fait ce 16.
Novembre 1688

DELAREYNIE

L'on vend aussi chez ledit Jouvenel, le
Poëme Heroïque au Roy : Et l'Idyle à
Madame la Dauphine , par le même
Autheur